Coleção
PAPA-PÁGINAS

LENDO A LENDA

TEXTO
Livia Golden

ILUSTRAÇÕES
Denise Venturini

© 2021 – Todos os direitos reservados

GRUPO ESTRELA
PRESIDENTE Carlos Tilkian
DIRETOR DE MARKETING Aires Fernandes

EDITORA ESTRELA CULTURAL
PUBLISHER Beto Junqueyra
EDITORIAL Célia Hirsch
COORDENADORA EDITORIAL Ana Luíza Bassanetto
ILUSTRAÇÕES Denise Venturini
DIAGRAMAÇÃO Estúdio Versalete
REVISÃO DE TEXTO Luiz Gustavo Micheletti Bazana

Dados Internacionais de Catalogação na Publicação (CIP)
(Câmara Brasileira do Livro, SP, Brasil)

Golden, Livia
  Lendo a lenda / Livia Golden; ilustrações Denise Venturini. – 1. ed. – Itapira, SP: Estrela Cultural, 2021.

  ISBN 978-65-5958-011-8

  1. Folclore – Literatura infantojuvenil 2. Literatura infantojuvenil I. Venturini, Denise. II. Título.

21-67589　　　　　　　　　　　　　　　　　CDD-028.5

Índices para catálogo sistemático:

1. Contos : Literatura infantil 028.5
2. Contos : Literatura infantojuvenil 028.5

Maria Alice Ferreira – Bibliotecária – CRB-8/7964

Proibida a reprodução total ou parcial, de nenhuma forma, por nenhum meio, sem a autorização expressa da editora.

1ª edição – Três Pontas, MG – 2021 – IMPRESSO NO BRASIL
Todos os direitos da edição reservados à Editora Estrela Cultural Ltda.

Rua Municipal CTP 050
Km 01, Bloco F, Bairro Quatis
CEP 37190000 – Três Pontas – MG
CNPJ: 29.341.467/0002-68
estrelacultural.com.br
estrelacultural@estrela.com.br

APRESENTAÇÃO

O livro *Lendo a lenda* introduz sete personagens do nosso folclore que estão presentes em lendas das mais variadas regiões do Brasil. Com esta obra, por meio de adivinhas, a criança conhecerá alguns segredos desses personagens e o que eles fazem para proteger a nossa fauna e a nossa flora de caçadores.

O livro vem acompanhado dos Papa-Páginas para que a criança complete a cena com o personagem do folclore que está sendo apresentado. Os Papa-Páginas permitem uma nova experiência de leitura. Com esses simpáticos marcadores, a diversão da leitura se amplia, pois eles permitem à criança, além de indicar as páginas já lidas (com ou sem mediação), brincar com os elementos da história, criando a própria narrativa. Aliás, os Papa-Páginas são inquietos e não param de se mexer.

A criança pode voltar a colocar os Papa-Páginas no livro quantas vezes quiser, conforme desenvolve seu processo de apropriação da história. Ela também pode retirá-los e criar novas histórias sobre os personagens do folclore. Ou seja, eles são verdadeiros companheiros de leitura. Nessa interação, a criança exercita outras habilidades: ao selecionar o Papa-Páginas do personagem que se encaixa na página do livro, ela desenvolve a capacidade de observação, o senso estético e a motricidade. Mas a diversão não para: no verso de cada Papa-Página há um *QR Code* por meio do qual a criança poderá assistir a um animado videoclipe!

DIZEM QUE ELE NASCE NO MEIO DE BAMBUZAL
E CONHECE TODA PLANTA MEDICINAL,
MAS ELE SÓ DÁ OU EMPRESTA
A QUEM SABE DAR VALOR À FLORESTA.

FAZ TRAVESSURAS COM UMA PERNA SÓ,
GIRA REDEMOINHO COMO BAMBOLÊ,
EM CRINA DE CAVALO PODE ATÉ DAR NÓ,
POIS GOSTA DE CONFUSÃO E PEREQUÊ.
SEU NOME VEM DO TUPI, É O...

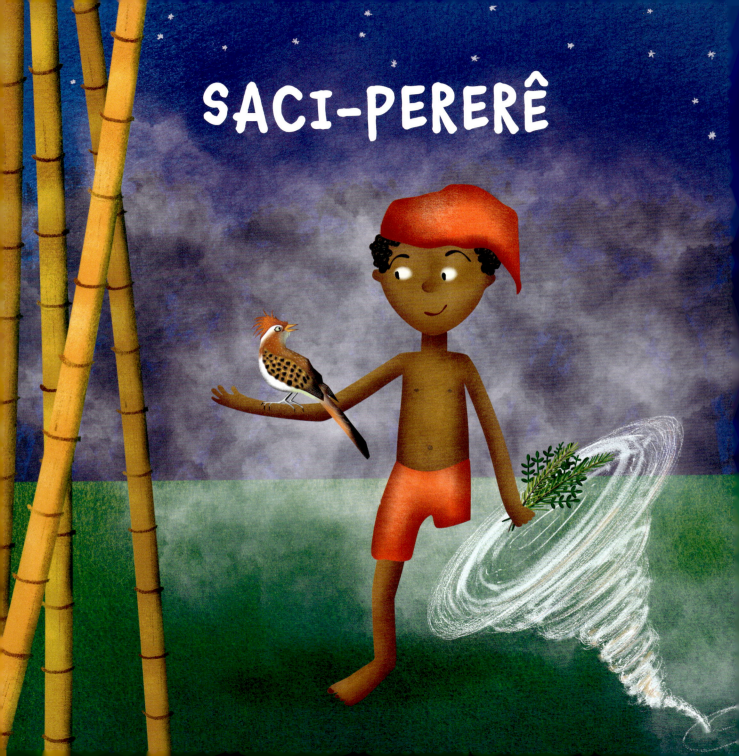

ELA PODE SER VISTA ÀS MARGENS DO RIO,
UM SER METADE PEIXE, METADE MULHER.
ENFEITIÇANDO COM SEU CANTO, DOCE COMO UM ASSOVIO,
A PROTETORA DAS ÁGUAS FAZ O QUE QUISER.

TANTO EM NOITE ESCURA COMO EM NOITE CLARA,
PENTEIA SEUS CABELOS E MOSTRA SUA BELEZA RARA.
A SEREIA...

COM SEUS GRANDES OLHOS, ESSA COBRA DE FOGO
PERSEGUE QUEM ENTRA NA MATA PARA FAZER QUEIMADA
ATÉ A PESSOA FUGIR DE MEDO, ASSUSTADA,
E ENTENDER QUE PROVOCAR INCÊNDIO NÃO É UM JOGO.

MAS QUEM FOR MESMO LÁ SÓ PARA VISITAR,
NA BEIRA DOS RIOS E LAGOS É ONDE ELE ESTÁ.
NÃO É UM BOMBEIRO, É O...

ELA TEM ORELHAS PONTUDAS E O CABELO TODO RUIVO,
MONTA UM PORCO-DO-MATO E CARREGA UMA LANÇA NA MÃO.
É PEQUENA, MAS SOLTA UM SONORO UIVO,
PARA ESPANTAR OS CAÇADORES QUE TÊM MÁ INTENÇÃO.

NO RIO AMAZONAS, XINGU OU JURUÁ,
EM DIA DE PESCA OU SE O BARCO VIRAR,
DIZ A LENDA QUE A AJUDA CHEGA A NADO
EM FORMA DE UM GOLFINHO, SÓ QUE ROSADO.

ELE TAMBÉM PODE APARECER TRANSFORMADO EM UM HOMEM BEM ELEGANTE, UM BROTO COM CHAPÉU DE LADO E SORRISO MAROTO. PODEM CHAMÁ-LO DE...

CERTA VEZ, DERRUBARAM UMA FLORESTA DE ARAUCÁRIA.
ATÉ QUE UMA AVE DECIDIU RECOLHER CADA PINHÃO.
REPLANTOU TODOS ELES, COMO SE FOSSE SUA MISSÃO,
E TORNOU-SE A LENDA PROTETORA DAQUELA ÁREA.

SUAS PENAS TÊM A COR DO CÉU
SOBREVOANDO AS PAISAGENS DO SUL,
A GRACIOSA...

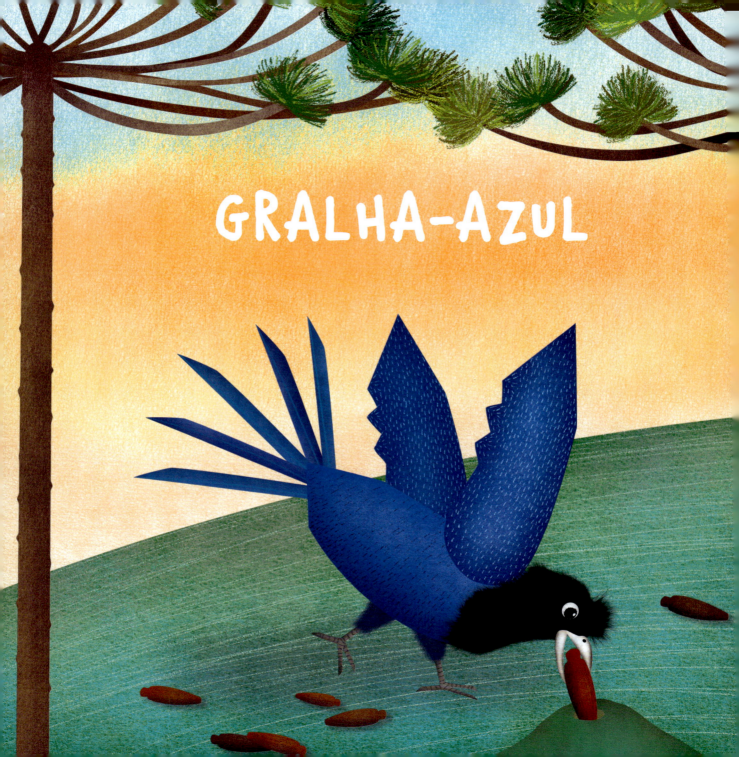

O POVO NAUA CONTOU ESSA LENDA,
DE UM SER COM OS PÉS VIRADOS PARA TRÁS,
CONFUNDINDO O INVASOR PARA QUE ELE APRENDA
A RESPEITAR A FLORESTA E OS ANIMAIS.

QUEM ESTEVE NA SUA MIRA
PÔDE VER SEU CABELO VERMELHO.
E SE DISSER QUE ELE É ALTO, É MENTIRA.
ELE É O...

Olá! Eu sou a **Livia Golden**.

Sempre gostei das palavras e dos sons.

A primeira história que eu escrevi foi aos 9 anos de idade. Nessa época, comecei a criar músicas e ensinar meu irmão mais novo a cantá-las.

Desde então, não parei mais de escrever e hoje sou uma escritora e compositora. Como eu também sempre gostei de cantar, de aprender e ensinar, tornei-me musicista e professora de música. Sou pós-graduada em Educação Musical pela Faculdade Paulista de Artes.

Em todos os meus trabalhos, levo a brincadeira muito a sério. Seja na criação de livros, poemas, contos, espetáculos, músicas e contações de histórias, seja nas aulas de musicalização.

E eu sou a **Denise Venturini**.

Fiz os desenhos deste livro.

Desde pequena, eu gostava de inventar histórias e músicas. Meus pais acharam essas minhas "invencionices" interessantes e me colocaram para estudar piano e pintura.

Depois, quando cresci, estudei Educação Artística na Universidade Estadual Paulista (Unesp) e me tornei professora de Música.

Brincando com meus alunos, percebi que gostava de fazer coisas que misturam várias artes: desenhar, escrever, compor músicas e cantar.

Então, sigo assim, contando histórias com desenhos, palavras e sons.

Nós duas somos grandes amigas e criamos o grupo Vento de Inventar, no qual inventamos histórias e músicas.